Varför vi alltid träffas två gånger

Början av slutet

Jessica Hintz

USA
2024

Avtryck

Bokens titel: Varför vi alltid träffas två gånger
Bokens undertitel: Början på slutet
Författare: Jessica Hintz

Författare: Jessica Hintz
Kontakt: boxingboy898337@gmail.com

INNEHÅLL

SKOTERMÖTET

Sierra:

Jag blev rastlös. Patrullbilen kändes som ett rörligt fängelse, och jag var så nära att slumra. Det var min sista dag på den två veckor långa praktiken hos polisen, och jag kunde inte låta bli att känna mig lite melankolisk över det. Snart skulle jag åka hem till mina föräldrar och två yngre bröder. Jag kunde inte heller glömma min 18-åriga bror, som alltid gjorde oväsen hemma. Trots detta var det en person som gjorde idén att lämna lite lättare: min bästa vän, Leyla. För tillfället bodde jag hos mina morföräldrar. Min farbror och moster bodde i närheten med sina fyra barn, och min farbror arbetade inom polisen, vilket var hur jag fick den här praktikplatsen i första hand.

När vi kryssade nerför huvudgatan stirrade jag ut genom fönstret, helt uttråkad. Landskapet verkade som en suddighet av hus, gator och en tågstation. Samma gamla, samma gamla. Men så, plötsligt, fångade något min uppmärksamhet. "Vi köper det!" Lennis röst bröt igenom monotonin och jag slog upp huvudet av förvåning. Det var en skoterförare som rusade nerför gatan. Äntligen något som inte bara var hus!

Vi gjorde en skarp sväng in på en parkeringsplats och signalerade skoterföraren att dra omkull. "Körkort och fordonshandlingar, tack!" ropade Lenni med sin stränga polisröst. Den unge mannen hånade, hans röst grov och full av attityd, vilket skickade en frossa nerför min ryggrad. Den södra accenten var tjock, men det var något annat i hans ton som jag inte riktigt kunde placera. Han ryckte av sig hjälmen och andan hamnade i halsen. Ett ögonblick snubblade jag nästan över mina egna fötter när jag närmade mig honom.

Jag återhämtade mig snabbt och tvingade mig själv att fokusera. Han var otroligt attraktiv, med kolsvart hår, hud som antydde hans södra rötter och ögon som var raka motsatsen till vad jag förväntade mig. Istället för den varma, chokladbruna jag förväntade mig möttes jag av genomträngande isblå ögon som verkade skimra av nyfikenhet och överraskning. Han kunde inte ha varit äldre än 17, men sättet han bar sig på fick honom att verka mycket mer mogen. Med en höjd på cirka sex fot gjorde hans muskulösa byggnad klart att han inte var någon att bråka med. Och ändå, där stod han och flinade mot mig med ett fräckt, nästan busigt leende som visade upp perfekta vita tänder.

Jag kunde inte låta bli att flina tillbaka, matchade hans fräcka uttryck. Jag tittade på hans skoter och var tvungen att undertrycka ett leende. Det var uppenbart att hans åktur hade ändrats mycket - min kusin hade nyligen visat mig hur en skoter som denna såg ut när den var trimmad till max. Jag knackade på sidan av hans skoter och mumlade, "Snygg skoter."

Han gav mig en blick som tydligt sa: "Säg ingenting", men budskapet var för tydligt för att missa. Jag höjde på ett ögonbryn i gengäld och vågade honom tyst att utmana mig. Hans ögon skiftade mellan mig och skotern, tydligt osäker på vad jag skulle göra härnäst. Tanken slog mig: Ska jag anmäla honom? Ska jag spela enligt reglerna eller ge honom en paus? Min inre debatt rasade vidare, men till slut bestämde jag mig för att det var min "sociala dag", och jag skulle inte vara den som skulle förstöra hans nöje.

Hans blick var fortfarande intensiv och väntade på mitt beslut. Jag lät honom koka en stund innan jag till slut skakade på huvudet och visade ett varmt leende till honom. Lättnaden sköljde över honom och jag kunde nästan se spänningen försvinna från hans axlar. Lenni, som lade märke till ögonblicket, ropade: "Är allt bra?"

Jag kunde inte motstå sarkasmen i min röst när jag svarade: "Ja, allt är helt normalt!" Lenni verkade köpa den, även om pojken bredvid mig fortfarande tittade försiktigt på mig och undrade förmodligen om jag var på väg att tjata om honom.

Jag gick runt skotern och tog mig tid att undersöka den. När jag stod bredvid pojken sa jag tillräckligt högt för att han skulle höra: "Du har tur att det är min sociala dag, annars skulle du förlora ditt körkort och din skoter. Så, spela snällt." Han log mot mig med en glimt av nöje i ögonen. "Hur vet du att det är något fel på min skoter?"

Jag kunde inte låta bli att le sött. "Tja, låt oss bara säga att jag har sett tillräckligt många soppade skotrar för att känna igen en när jag ser den." Hans uttryck förändrades, både förvånad och imponerad över att en tjej som jag kunde så mycket om skotrar.

Jag gick tillbaka till Lenni och sa till honom: "Allt är bra!" hoppas att han inte skulle misstänka något. Han nickade lätt till mig och lämnade tillbaka pojkens dokument, som ryckte upp dem, lättnaden var tydlig.

Han tittade fortfarande på mig med tacksamhet i blicken, även om jag var tvungen att kämpa för att undertrycka mitt skratt.

Lenni vinkade hejdå till pojken och bad om ursäkt för stoppet innan han gick tillbaka till bilen. Jag stod där, plötsligt osäker på vad jag skulle säga. Normalt sett saknade jag ord, men att stå framför den här pojken kändes annorlunda. Han log mot mig, den sortens leende som verkade lysa upp till och med den tråkiga, mulna himlen. Hans blå ögon tindrade när han talade, "Tack. Tack för att du inte lämnade in mig. Det betyder mycket för mig."

Jag blinkade, häpen över hans uppriktighet. Utan att tänka så utbröt jag, "Wow, en italiensk machoman som vet hur man säger tack. Det hade jag aldrig förväntat mig!" Han skrattade och jag kunde se nöjen dansa i hans ögon.

"Tja, det kanske är för att jag inte bara är italienare," sa han och hans leende förvandlades till ett mer lekfullt leende. "Jag kommer att tacka dig igen. Förhoppningsvis ses vi igen någon gång."

Med det tog han på sig hjälmen, hoppade på sin skoter och rusade iväg och vinkade åt mig en sista gång. Jag stod där ett ögonblick och kände en märklig värme sprida sig genom mig, som om hans närvaro hade satt avtryck på min dag.

När jag gick tillbaka till patrullbilen halkade jag in i passagerarsätet, fortfarande lite omtumlad av mötet. Jag hade ingen aning om vem den där pojken var, men på något sätt kände jag mig tillfreds med honom, något jag sällan kände med främlingar. Jag kunde inte vänta med att berätta för Leyla om upplevelsen.

Lennis röst förde mig tillbaka till verkligheten. "Ännu ett stopp, och än en gång, inget intressant," sa han med en suck. Men jag kunde inte låta bli att flina för mig själv. Vi hade definitivt hittat något idag – men Lenni hade såklart ingen aning.

Presentera:
Jag blev helt chockad. Jag trodde aldrig att jag skulle se honom igen, och ändå, där stod han precis framför vår klass och såg sig omkring med en uttråkad min. Chocken slog mig hårt, och för ett ögonblick kunde jag inte riktigt tro det. Jag kom fortfarande ihåg första gången vi träffades som om det bara hade hänt igår, trots att det hade gått nästan ett och ett halvt år. Då hade jag desperat velat se honom igen, men det hände aldrig, trots att jag och min bästa vän Leyla hade den perfekta planen för att få det att hända.

Leyla hade alltid varit min bästa vän, långt innan jag flyttade. Vi träffades faktiskt genom min kusin. Hon hade dejtat honom i två månader, men det hade inte fungerat mellan dem. Från det ögonblicket blev Leyla och jag oskiljaktiga. Vi var som själsfränder, som alltid visste exakt hur varandra mådde, även utan att säga ett ord. Redan nu kunde jag känna hennes blick på mig, hennes frågande blick skär genom chocken i mitt ansikte. Jag tittade på henne, fortfarande storögd, och hon visste direkt vad jag tänkte. Pojken som stod framför klassen var densamma som jag så gärna ville se igen efter det första mötet.

Jag studerade honom noga och försökte ta in förändringarna. Han var annorlunda, men ändå lika på många sätt. Hans svarta hår var fortfarande lika vackert som jag mindes, fast nu hängde det vilt över hans panna på ett sätt som var både svalt och rebelliskt. Det såg enkelt ut, nästan som att det tillhörde någon som inte brydde sig om regler, någon som trivdes på kanten. Men det var också något med det som fick honom att se avlägsen ut, nästan som om han bar en börda.

Hans ögon var samma genomträngande isblå som hade fängslat mig från början. Men nu fanns det något mer med dem - något mörkare. Hans ansikte, som en gång var fyllt av liv, verkade nu nästan tomt och dämpade alla känslor. Och ändå, i hans ögon, kunde jag se de svaga spåren av smärta, lidande och ilska. Förändringen hos honom var obestridlig. Han hade en gång utstrålat lycka och glädje, men nu kunde jag bara känna en djup, tung sorg.

Vad hade hänt med honom? Vad kan möjligen ha orsakat en så drastisk förändring? Människor förvandlas inte bara så om inte något monumentalt hade skakat dem. Han hade alltid varit stark, men nu verkade han ännu mer muskulös – om det ens var möjligt. Hans kropp verkade ha mejslats från sten, och hans ansikte... ja, det var den typen av ansikte som skulle göra till och med Adonis avundsjuk. Det gick inte att förneka det - han var farlig nu. Auran runt honom var nästan hotfull, och jag kunde inte låta bli att tänka att om han någonsin var tvungen att kämpa så skulle han vinna, inga frågor ställda.

Jag stirrade på honom, utan att kunna slita mina ögon. Hans uttryck var oläsligt, hårt och nästan arrogant. Det fanns en känsla av överlägsenhet över honom nu, en nedlåtande luft som antydde att han hade gått igenom mycket och kommit ut på andra sidan med ett chip på axeln. Ibland var det nästan skrämmande.

Leyla knuffade till mig skarpt och påminde mig om att jag hade stirrat på honom alldeles för länge. Jag tog mig ur trancen, kände mig lite generad och vände snabbt tillbaka blicken framåt. Vår lärare, Ms. Walter, uppmanade pojken att presentera sig. Han nickade nonchalant, samma busiga leende spelade i läpphörnan. Det var den typen av flin som sa att han var på gång med något, något farligt, och för en sekund kunde jag inte låta bli att undra hur mycket han hade förändrats under tiden sedan jag senast såg honom.

Louis:

Var fan är jag? Min pappa ville verkligen att jag skulle komma tillbaka till skolan, men det här stället? Allvarligt? Han menar alltid väl, men den här skolan är praktiskt taget värdelös för mig. Det finns nästan ingenting här som skulle kunna vara till någon verklig fördel, förutom kanske, och jag säger kanske, jag skulle kunna ha kul med att plocka upp några tjejer. Det är något att tänka på senare, men för tillfället borde jag nog presentera mig för gänget människor som stirrar på mig. Nåväl, låt oss skaka om det här stället lite.

"Inte mycket att säga, egentligen," började jag och kände hur hela klassens ögon riktade sig mot mig. "Jag är Louis. Har precis fyllt 18 och min pappa tycker att det är en bra idé att jag kommer tillbaka till skolan. Så här är jag. När jag inte är här ägnar jag min tid åt att handla droger, och resten av min tid är fylld med vad jag och mina vänner hittar på. Och ja, jag har fortfarande väldigt roligt med kvinnor... men jag är inte riktigt kräsen med det."

Jag gav klassen ett djävulskt leende och vände sedan min uppmärksamhet mot Ms Walter och kollade upp henne. Hon var inte så dålig, faktiskt. Jag skulle gissa att hon var runt 29, men hennes kläder fick henne att se mycket äldre ut. Hennes kropp var anständig, men jag skulle hellre gå för tjejer närmare min ålder. Walter harklade sig, försökte återta kontrollen över klassen och frågade om någon hade några frågor. Ett dussin flickor sköt omedelbart upp händerna. Det gillade jag.

Jag skannade klassen och låste sedan ögonen med den första tjejen jag såg. "Har du en flickvän?" frågade jag med ett busigt leende.

"Nej, inte just nu. Men jag är öppen för att ha kul. Om den rätta kommer, kanske jag slår mig ner. Men jag tror inte på sann kärlek."

Innan jag hann svara hörde jag några snediga kommentarer från bakre raden. Jag vände mig om för att se två flickor som fnissade och gjorde tydligen narr av mig. En av dem verkade bekant, men jag kunde inte riktigt placera henne. Hon höjde huvudet och fångade min blick med ett slug leende. Sedan höjde hon handen. Jag höjde ett ögonbryn.

"Åh nej, förlåt, men det är lite för personligt för en fråga," sa jag och låtsades borsta av henne.

Hon log, oberörd. "Nej, det är bra. Jag ställer frågan och du kan avgöra om det är för personligt."

Hon och hennes vän utbytte blickar, och sedan talade flickan med det luriga leendet. "Sedan när har italienare isblå ögon?"

Frågan fångade mig, men jag tänkte inte låta det synas. "Hur kom du på det?" frågade jag och låtsades vara fascinerad.

De utbytte blickar igen och flinade som om de hade väntat på att jag skulle ställa just den frågan. Leyla – så hette hon – lutade sig fram och log. "Tja, sedan när har italienare isblå ögon?"

Jag hade förväntat mig att hon skulle säga något sådant, så jag flinade och sköt tillbaka, "Ja, om jag bar bruna kontaktlinser, skulle jag åtminstone kunna förneka en del av min nationalitet."

Leyla verkade inte alls förvånad, som om hon visste exakt vad jag skulle säga. En röst från bakre raden ropade: "Var kommer du ifrån då?"

Jag gav dem ett arrogant leende. "Som Leyla sa, jag har mest italienska rötter, men jag har också lite amerikanskt och finskt blod i mig."

Leylas käke tappade. Den andra flickan fick nästan tårar av skratt. Då har Ms Walter, som jag helt hade glömt att till och med fortfarande var i rummet, harklade sig och sa: "Det är nog med frågor för nu. Ni kommer att ha gott om tid att lära känna varandra. Men inte i min klass. Du kan sätta dig bredvid Tiffany."

Tiffany var tjejen som satt bredvid mig. Hon såg ut som den typiska söta flickan, men jag hade redan tänkt på att göra det mesta av det här helvetet i en skola.

Jag tog plats bredvid Tiffany, och det var då jag märkte att jag satt bredvid tjejen som satt bredvid Leyla. Leyla tittade på mig som om hon hade sett ett spöke och fortfarande bearbetade det som just hade hänt. Hennes vän – som också var vacker – kunde inte hålla in hennes skratt och föll nästan av stolen.

Sedan, som om saker och ting inte var tillräckligt komplicerade, öppnades dörren och en annan snygg kille kom in. Tydligen hade de två tjejerna bredvid mig lugnat ner sig eftersom jag hörde Leyla väsande högt till sin vän, "Åh vad bra, vi kan Får inte ens en dag av frid från honom. Vad händer härnäst, en buss kör över honom?"

Jag vände mig för att se den nya killen och förstod inte vad problemet var. Han såg ut som en modell, för att han grät högt. Tjejer skulle förmodligen falla över honom, precis som de gjorde med mig. Han hade svart hår, var lång, muskulös och, att döma av hans accent och utseende, förmodligen också italiensk. Men när han talade märkte jag något annat - hans ljusgrå ögon.

Han log och sa: "Äntligen någon som fattar! Får jag sitta bredvid dig?"

Jag flinade och nickade. Ms Walter verkade inte bry sig, antagligen antecknade eller något. Den nya killen gick till baksidan och viskade något till Tiffany, som plötsligt såg förskräckt ut och flyttade till en annan plats.

"Hej, jag är Ryan. Kul att ha en till italienare här!" sa han.

Jag flinade tillbaka och sa, "Ja, det här stället blev bara lite mer intressant."

Ryan satte sig ner och jag hörde Leyla stöna bredvid mig. Ryan lutade sig fram och hälsade på mig med ett flin. "Hej Sierra, Leyla!"

Sierra, den andra flickan, hälsade honom tillbaka, men Leyla gav honom en blick som om hon ville strypa honom. Hennes ögon var kalla som is, och hon gav mig en blick av avsky. Men Sierra, å andra sidan, tittade nyfiket på mig och det kändes som att hon gjorde mig en större storlek.

Ryan lutade sig tillbaka och vände sig mot mig med en busig glimt i ögat. "Så, vad har du mer än italienska rötter?"

Jag höjde ett ögonbryn. "Hälften italiensk, en fjärdedel amerikansk och en fjärdedel finsk."

Ryan flinade. "Trevlig. Inte konstigt att Leyla inte tål dig."

Jag var förvirrad. "Vänta, vad menar du?"

Ryan flinade som om han hade alla svaren. "Visste du inte? Leyla är också halvfinska, och hon tycker inte att avskum som vi tillhör samma nationalitet som hon."

Mina ögon vidgades. "Leyla är halvfinska? Hon ser inte ut."

Ryan skrattade. "Hon döljer det väl. Men tro mig, hon har det i sig."

Jag tittade på Leyla igen. Hon verkade inte ha något finskt blod i sig, men återigen höll hon sig avstängd. Hennes vän, Sierra, var dock en annan historia. Hon verkade mer öppen, men ändå bevakad. Ryan fortsatte att prata.

"Sierra är också en tuff sådan. Hon har ett hårt skal, men det är något med henne. Hon har blivit sårad förut, och nu handlar hon om att spela det coolt. Men försök inte någonting. Du vill inte bråka med henne."

Jag kunde inte hjälpa det. Jag var fascinerad. "Jag ska göra henne till min. Jag ska ha henne i sängen om två månader."

Ryan skrattade. "Du? Man, du vet inte vad du möter. Alla mina vänner försökte och misslyckades. Men om du klarar det kommer jag att bli imponerad. Vad får jag om du inte gör det?"

Jag tänkte en stund. "Den som förlorar måste köpa den andre en ny motorcykel."

Ryans leende blev bredare. "Du siktar högt. Okej, vadet är på."

Jag började undra vad det var för röra jag hade hamnat i. Men jag tänkte inte backa nu. Det här skulle bli kul.

Sierra:

Det var ganska fantastiskt att ha min nya gamla vän som satt bredvid mig. Det kändes nästan overkligt, som om jag var tvungen att fortsätta titta på honom för att vara säker på att jag inte drömde. Men hur bra det än var så fanns det ett stort problem. Ryan hade bestämt sig för att sitta bredvid honom, vilket innebar att han praktiskt taget var bredvid Leyla också. Och där satt jag, fast och satt mellan dem, vilket fick mig att känna att jag var mitt i en tickande bomb. Det hjälpte inte att Leyla och Ryan alltid hade denna pågående spänning, särskilt när det gällde att vara nära varandra. De hade varje klass tillsammans, och Leyla såg alltid till att sitta så långt ifrån honom som möjligt. Ryan, å andra sidan, letade alltid efter sätt att argumentera med henne, även om hon inte kunde stå ut med honom. Det var som om de var avsedda att stöta ihop.

Jag kunde dock redan säga att något var fel. Leyla rykte inombords och gjorde sitt bästa för att inte explodera. Hennes ögon var praktiskt taget skjutande med dolkar, och jag visste att alla som vågade korsa hennes väg i det ögonblicket skulle ha en tuff tid. Jag gav henne en blick och visste att när Leyla var arg kunde ingenting stoppa henne.

Leyla och jag hade varit som systrar ända sedan jag träffade henne genom min kusin. Det var ett band vi bildade direkt, och vi hade varit oskiljaktiga sedan dess.

Hon hade förlorat sin syster när hon var bara fyra, och även om det var något som tyngde henne, fick hon aldrig riktigt chansen att bearbeta det. Hon hade en bror, men jämfört med mig, som var välsignad med två yngre bröder och en äldre bror nu på college, var Leylas familjesituation lite annorlunda.

Nu kanske du tror att Leyla och jag hade massor av pojkvänner, men du skulle ha helt fel. Min kusin hade dejtat Leyla ett tag, men det gick inte, och de bröt upp på goda villkor. När det gäller mig var min första pojkvän faktiskt min kusins bästa vän. Det varade dock inte länge och det slutade med att han flyttade bort. Ett tag trodde jag att Leyla kunde ha känslor för Ryan, det var därför hon alltid bråkade med honom, men jag var inte så säker längre. Hon hade ett speciellt hat mot alla som blev vänner med Ryan, särskilt om de var finska. Alla i den cirkeln fanns automatiskt på hennes träfflista.

Men till och med jag var inte säker på vad som pågick längre. Hon hade hamnat i ett stort bråk med Ryan om något löjligt, och jag var inte ens säker på om hon hade fel den här gången. Klockan ringde och signalerade paus och vi tog oss till cafeterian.

När Leyla blev sur på någon hade hon uthålligheten som en maratonlöpare. Idag var hon på en av sina rants och fortsatte och fortsatte om hur mycket idiot Ryan var och varför i helvete han hade fräckheten att sitta bredvid henne och prata med henne. Jag bara flinade mot henne och nickade med och lät henne ventilera. Jag visste att det skulle ta ett tag för henne att få ut allt ur sitt system.

När vi kom till cafeterian var den inte riktigt klar än, men vi blev avbrutna av två bekanta idioter som stod precis framför oss. Om Leyla var arg på någon, var det bäst att undvika dem under de kommande 24 timmarna om du inte ville riskera ditt liv. Och det faktum att en av dem var Ryan hjälpte inte till.

"Pratar du om oss?" frågade Ryan och hans röst droppade av arrogans. Jag försökte ingripa och planerade att dra ut Leyla från cafeterian, men Leyla hade inget av det. Hon var fast besluten att ta itu med dem.

"Ja, självklart, Ryan, världen kretsar kring ditt dumma lilla ego. Jag skulle älska att du kvävdes av dina dumma kommentarer, din jävel!" Leyla nappade, hennes raseri klar. Och med det hade stormen officiellt börjat, och det fanns ingen stopp nu.

Ryan, tydligt förbluffad, frågade: "Varför bråkar ni två alltid?"

Innan jag ens hann svara var jag redan på dåligt humör. Jag väste åt honom, "Som om det var din sak, och varför i helvete pratar du ens med mig?"

Ryan, synbart irriterad, försökte borsta bort det. "Wow, lugna dig! Det var bara en liten fråga!"

Jag sköt tillbaka, "Lugna dig? Medan Leyla och Ryan har sin vanliga kamp för femte gången i år? Ja, det låter som en bra idé."

Mia Bella, en röst avbruten, talade med en mjuk italiensk accent, "Livet är för kort för att vara upprörd över dina vänner."

Först kände jag mig smickrad, men sedan var jag arg på mig själv för att jag kände så. Varför hade jag blivit så charmad av hans ord? Jag kanske borde ha tagit italienska istället för spanska i skolan.

"Vad i helvete tror du att du gör och säger till mig vad jag ska göra? Och vad är det med "Mia Bella" nonsens?" Jag skrek på honom, helt upprörd.

Precis när jag höll på att tappa den hördes det ett skrik av ilska och någon tog tag i mig och drog ut mig från cafeterian. Jag stönade inombords. Bra, nu var jag tvungen att lyssna på Leyla gnälla om detta hela dagen.

När vi väl var ute ur cafeterian stötte vi på min kusin och hans vän, Lucas. Lucas var väldigt förälskad i Leyla, men hon var inte intresserad av honom. Hon gav honom en snabb knuff och sprang iväg till våra skåp, fortfarande rykande.

Min kusin tittade på mig med medlidande i ögonen och frågade: "Ryan igen?"

Jag himlade med ögonen, klart trött. Alla visste om de ständiga grälen mellan Leyla och Ryan.

Han nickade sympatiskt och sa: "Lycka till", innan jag lyfte efter Leyla.

Vid det tillfället visste jag att resten av dagen skulle bli lång, fylld av oändliga spänningar och argument, och jag skulle förmodligen sitta fast mitt i alltihop.

Louis:

Jag tittade på Ryan, som satt där med ett självbelåtet uttryck och stirrade rakt fram. Nyfiken på spänningen mellan honom och Leyla bestämde jag mig för att fråga. "Varför bråkar du och Leyla alltid?" Jag frågade i hopp om att få lite insikt i situationen. Eftersom jag inte hade kunnat få ut något ur Sierra, kanske Ryan skulle vara mer tillmötesgående.

Ryan ryckte nonchalant på axlarna, fortfarande med den självbelåtna blicken i ansiktet. "Det är bara så det är mellan oss. Det har alltid varit så", sa han med en avslappnad ton.

Jag var inte övertygad. "Det måste finnas mer i det än så", tryckte jag på, ivrig efter att höra vad han hade att säga. Hans svar var undvikande, men jag var fast besluten att gå till botten med det.

Ryan verkade tveka ett ögonblick innan han talade igen, och när han gjorde det överraskade orden som kom ut mig. "Ja, vi var faktiskt bästa vänner i grundskolan", började han med en busig glimt i hans ögon. "Men sedan avslöjade jag henne en gång inför hela skolan, och sedan dess har hon hatat mig. Jag tycker att det är riktigt roligt att bråka med henne nu."

Jag kunde inte tro vad jag hörde. "Bästa vänner?" Jag upprepade, min röst höjde sig i misstro. Orden verkade omöjliga att förena med fiendskapen dem emellan. "Skämtar du med mig? Jag har alltid haft känslan av att hon hellre vill se dig död!" Mitt sinne rasade och försökte bearbeta vad Ryan just hade erkänt. Hur kunde han ha varit bästa vän med henne och sedan gjort något så grymt?

Ryan, som till synes road av min reaktion, gav mig ett slug leende men verkade också studera mig ett ögonblick, kanske försökte bedöma om jag var någon han kunde anförtro sig till. Han tittade ner i golvet, en gest som kändes konstigt plats för någon som honom - vanligtvis den självsäkra, kaxiga italienaren.

"Jag berättar för dig en annan gång", mumlade han under andan och halkade snabbt tillbaka till sitt vanliga macho-uppförande. Hans leende kom tillbaka och han tittade på mig med en känsla av lättförtroende. "Låt mig i alla fall presentera dig för mina vänner."

Jag bearbetade fortfarande hans ord och nickade, lite förvirrad av hela ordväxlingen. Vad hade hänt mellan honom och Leyla som gjorde deras förhållande så giftigt? Jag följde Ryan till ett närliggande bord där hans vänner var samlade, mitt sinne virvlade av frågor. Det fanns tydligen bara sex andra italienare på den här skolan, Ryan och jag räknat med. Fyra av dem var ett år under oss, och de andra två, som presenterade sig som Paco och Antonio, gick i vår klass.

När Ryan vinkade till sina vänner kunde jag inte låta bli att känna mig mer förvirrad av det komplicerade nätet av relationer runt mig. Mysterierna om Ryan och Leyla, Sierra och till och med min egen plats i allt detta började hopa sig. Skulle jag någonsin få svaren jag letade efter? Eller var det bestämt att jag skulle förbli fast i deras livs kaos?

Sierra:

När jag kom ikapp Leyla vid våra skåp, hittade jag henne sittande på golvet, hennes blick fäst i fjärran, ett uttryck av förbittring i ansiktet. Utan att säga ett ord satte jag mig bredvid henne och gav henne utrymme att samla sina tankar. Tystnaden mellan oss var tyngre än jag hade förväntat mig. Jag märkte dock att det var något annat som tyngde hennes sinne – något mycket djupare än bara de ständiga grälen med Ryan. Det var tydligt att vi inte hade tagit oss tid att prata riktigt på ett tag.

"Vad är det som händer?" frågade jag, min röst mild men ändå orolig.

Leyla tittade på mig, hennes läppar ringlade ihop sig till ett svagt leende. "Du har rätt. Det är inte bara Ryan. Han är inte värd allt krångel." Hennes röst var fylld av en sorg som jag inte kunde ignorera. "Men du har också rätt, det ligger mer i det än så."

Jag höjde på ett ögonbryn och väntade på att hon skulle fortsätta. "Okej, berätta då. Vad är det som händer?"

Hon suckade och axlarna föll ihop av frustration. "Det är inte bara Ryan," sa hon mjukt, hennes röst knappt över en viskning. "Mina föräldrar har hört talas om våra dagliga bråk och nu vill de antingen prata med rektorn eller, värre, skicka mig till en internatskola. Men det är inte ens det värsta. Min lillebror blir mobbad varje dag kl. skolan, och mamma och pappa verkar inte bry sig alls." Hon tittade bort, som om tyngden av det hela hade blivit för mycket att bära.

Jag stirrade på henne i chock. Internatskola? Leyla? Jag kunde inte föreställa mig att hon skulle skickas iväg, inte nu, inte när jag behövde henne som mest. Tanken på att möta mitt sista år utan henne vid min sida kändes som en outhärdlig framtid.

"Vänta", lyckades jag äntligen, min röst skakade. "De kan inte skicka dig till internatskola, Leyla. Du kan inte gå."

Hon log svagt. "Jag vet. Jag känner likadant. Men det är inte så att jag har något att säga till om."

Jag kunde känna mitt hjärta bulta i bröstet, men jag försökte maskera det med en suck och uppmanade henne att fortsätta.

"Okej, jag har berättat mina grejer för dig," sa Leyla och ändrade ämne, hennes ögon smalnade. "Nu är det din tur. Vad är det som händer med dig?"

Jag tvekade ett ögonblick, tyngden av mina egna ansträngningar kändes plötsligt tyngre än vanligt. "Mina föräldrar är alltid på min rygg om mina betyg", började jag, orden tumlade ut innan jag kunde stoppa dem. "De jämför mig alltid med min storebror. Han var perfekt, klarade alltid allt. De tror att jag är lat, lätt distraherad och bara inte försöker tillräckligt hårt. Och min storebror? Han är ingen hjälp. Istället för att stötta mig, han bara tar på mig, gör allt värre. Ibland önskar jag att han gick långt bort till college och lämnade mig ifred.

Det blev en lång paus och jag kunde känna mina ord hänga i luften mellan oss. Jag hade aldrig riktigt öppnat upp så här för någon tidigare, men med Leyla kändes det rätt. Hon var den enda som verkligen förstod.

Det plötsliga ringandet av klockan ryckte mig ur mina tankar. Vi stönade båda och insåg att det var dags att gå till klassen. Dagen hade bara börjat, och redan kändes det som om det hade tagit ut sin rätt på oss.

Leyla reste sig upp med en suck och torkade sina händer på jeansen. "Shit", mumlade hon under andan. Jag kunde inte låta bli att skratta; hennes rakhet lyckades alltid få mig att le, även när det verkade dystert.

Vi tog oss snabbt till nästa klass: Historia. Ämnet vi båda avskydde mer än något annat. Det var inte bara för att det tråkade ut oss till tårar; det var också för att vi alltid fick en känsla av att lärarna inte brydde sig så mycket om oss heller. Idag hade jag en känsla av att vårt förhållande till den här klassen var på väg att bli sämre.

När vi kom in möttes vi av vår lärare, herr Mittermaier, som inte slösade bort tid på att tala om vår sena ankomst. "Vi har redan våra frivilliga", meddelade han med en sträng blick. "Ni damer kom sent, och de här två herrarna" - han pekade på Ryan och en annan kille som jag inte kände igen - "har gjort tillräckligt för att störa min klass. Ni kommer att hålla en gemensam presentation och jag ska meddela er att ämne på ett ögonblick."

Leylas käke tappade och jag kände hur min egen mage vred sig i knutar. Den här dagen kunde inte bli värre, eller hur?

"Inga!" utbrast Leyla i misstro. Jag ekade hennes tankar med ett förskräckt gnisslande. Presentera med Ryan? Det var illa nog att tvingas spendera tid med honom i klassen, men nu var vi tvungna att samarbeta? Jag kände redan hur spänningen byggdes upp och jag visste att det inte skulle komma något gott.

Jag tittade mig omkring och försökte bearbeta situationen. Å ena sidan var det bra att Leyla och jag skulle arbeta tillsammans, men det kompenserade inte för det faktum att vi skulle behöva ta itu med Ryan. Varje gång de två befann sig inom fem fot från varandra sprakade luften av fiendskap. Och för att göra saken värre blev jag nu partner med den "nya, gamla killen" - den som var både frustrerande och irriterande attraktiv. Jag kunde inte lista ut honom, men jag visste säkert att det här projektet skulle bli en huvudvärk.

Vi hade inget annat val än att få det här över, men jag kände mig sliten. Om Leyla och jag hamnade i ett hett bråk under presentationen kan det bekräfta hennes föräldrars misstankar och leda till att hon skickas iväg. För mig skulle misslyckas med detta bara lägga bränsle till mina föräldrars redan pyrande frustrationer över mina akademiska prestationer. Ingen av oss hade råd att saker gick fel.

Jag tittade på Leyla, som nu gav mig en osäker blick. Hennes vanliga bravader hade bleknat till något mycket mörkare. Vad skulle vi göra nu?

Herr Mittermaiers röst avbröt mina tankar och knäppte mig tillbaka till verkligheten. "Om ni damer äntligen skulle sätta er ner och sluta störa min klass, kan ni börja." Han verkade inte bry sig om att vi uppenbarligen inte var nöjda med arrangemanget.

Leyla, i sin vanliga rebelliska stil, muttrade "Ja, visst", och släppte ner sig i en stol, hennes röst droppande av sarkasm. Jag satte mig bredvid henne, och vi försökte båda sätta på en fasad av likgiltighet, men inuti fruktade vi båda vad som komma skulle.

När vi tog plats kunde jag inte tro hur den här andra veckan av senioråret utvecklades. Vad hade jag gjort för att förtjäna detta? Det här skulle vara vårt sista år, det vi kunde se tillbaka på med stolthet, men istället kändes det som att allt höll på att falla samman.

Louis:
Åh, den här mannen hade verkligen en talang för att få allt att verka som världens undergång. Lektionen hade precis börjat och vi fick redan höra om någon stor presentation. Först frågade han vem i klassen som skulle ställa upp som volontär, och naturligtvis anmälde sig ett dussin tjejer ivrigt. Vi skulle precis plocka ut de hetaste och mest intelligenta när dörren från ingenstans öppnades och Leyla och Sierra stormade in. Tja, det verkade som om herr Mittermeier hade en uppenbarelse eftersom han med en dramatisk blomstring pekade på dem två. Sättet de reagerade på var direkt ur en komedifilm. Leylas mun föll upp av misstro och Sierra lät ett högt, nästan sött, "Nej!" Men det fanns ingen verklig kraft bakom hennes ord. Båda såg ut som om de höll på att svimma, med stora ögon av chock och rädsla, som om de precis fått några fruktansvärda, livsförändrande nyheter.

Internt kunde jag nästan höra dem mentalt skriva sina testamente. Och ärligt talat, även om jag inte var förtjust över att tvingas till en presentation med dem två, fungerade det till min fördel. Jag hade trots allt den satsningen att tänka på. Jag sneglade över på Ryan och när jag såg hans ansiktsuttryck visste jag att han förstod exakt vad jag tänkte. Han gav mig ett självbelåtet flin, sånt som han alltid bar när han trodde att han hade ett på någon.

Under tiden instruerade herr Mittermeier, alltid omedveten, flickorna att ta plats, och i ett overkligt ögonblick tog sig både Leyla och Sierra fram till skrivborden, fortfarande chockade i tystnad. Sierra gav mig en blick och jag mötte hennes blick med en subtil, konspiratorisk blick. Nej då. Jag var inte på väg att köpa en motorcykel till Ryan på två månader bara på grund av en liten satsning. Presentationen, om den hanteras på rätt sätt, skulle kunna få mig att komma ifrån mig. Så länge Ryan och Leyla inte började slita isär varandra, vill säga. De två måste låsas in i ett rum tillsammans tills de antingen har löst sina problem eller dödat varandra.

Klassen fortsatte i ett fruktansvärt långsamt tempo. Jag svär, jag trodde att jag skulle dö av tristess minst tre gånger innan vi äntligen gick vidare till något mer intressant. Efter vad som kändes som en evighet blev vi tillsagda att gå fram och välja vårt ämne för presentationen. "Allt om grekisk mytologi." Verkligen? Vad var det för tråkigt ämne? Jag sneglade på tjejerna, som klottrade lappar som om deras liv berodde på det. Under tiden förlitade jag mig på att min hjärna och minne skulle bära mig igenom. Jag behövde inte göra anteckningar; Jag hade täckt detta.

Leyla och Sierra, som fortfarande såg ut som om de precis fått höra att de skulle avrättas, gjorde ett steg för att gå så fort lektionen var över. Men Ryan och jag, som hade en annan plan, bestämde oss för att vi skulle träffas i biblioteket vid tre för att få det hela gjort. Jag tog tag i Sierras arm och hon svepte omedelbart runt, hennes ögon blinkade av förvåning och irritation. "Vad vill du, och släpp min arm nu!" väste hon, som om jag precis hade ryckt in henne i en fälla. Jag flinade lat och sa: "För det första, håll tyst och lyssna, och för det andra ses vi på biblioteket klockan tre. Och för det tredje, inget bråk."

Innan hon hann protestera vände Ryan och jag om och gick därifrån och lämnade de två flickorna att stuva i sin frustration. Jag visste att det här inte skulle bli lätt, men det var ett nödvändigt ont.

Sierra:

Tja, det var ett meddelande som jag lätt kunde ha klarat mig utan. Hela situationen irriterade mig, men det verkade som om vi inte hade något annat val än att gå med på det. Leyla, som satt bredvid mig, himlade med ögonen på ett sätt som kunde konkurrera med en professionell eye-roller. Hon rykte tydligt och det var tydligt att hon höll kvar sin frustration, även om jag visste att det inte skulle dröja länge innan allt rann ut. Vi gick igenom de sista timmarna av lektionen och räknade ner minuterna tills vi äntligen kunde komma till biblioteket. När klockan ringde vid tretiden var jag redo att bara få det här över.

Fast besluten att lätta upp stämningen lite, tänkte jag att jag kunde knapra på en bit lakrits, i hopp om att det kunde dämpa min irritation, även om det inte gjorde så mycket. Leyla försökte, som vanligt, hålla humöret i schack, men låt oss inse det – att lita på att hon inte knäpper var lite som att hoppas att en vulkan inte skulle få ett utbrott. Vi hittade en plats i soffan på baksidan av biblioteket och vi väntade.

Och väntade.

En halvtimme gick och precis när jag höll på att explodera av ren otålighet kom de äntligen fram. Naturligtvis var deras stora entré inget mindre än en katastrof. "Förlåt att vi är sena, men vi gick vilse på livets väg!" Ryans röst bultade, med Louis leende bredvid honom. Det var som att de lekte med att vara klassens clowner, och jag var redan över det. Mitt humör sjönk snabbt när jag försökte hålla tillbaka ilskan som bubblade upp inom mig. Men till min förvåning var Leyla lugn, nästan obehagligt.

"Okej, du är åtminstone här nu. Så låt oss komma igång, sa hon i en konstigt kontrollerad ton. Jag blinkade i misstro — Leyla lyckades faktiskt hålla henne kall? Det var som en superkraft eller något. Till och med Ryan verkade häpen, hans mun hängde öppen. Men det varade såklart inte länge. Han återfick snabbt sitt lugn och sköt tillbaka, "Okej, balanserade Leyla, vad vet du om grekisk mytologi?"

Leylas svar kom snabbt och jag ryckte till. "Åtminstone fler än du, din idiot."

Åh nej, det skulle definitivt inte hjälpa till att lugna ner saker och ting. Om något var det som att tända en tändsticka i ett rum fullt med bensin. Jag såg gnistorna flyga innan de ens träffade marken, och innan jag hann säga något värmde Leyla redan upp. Jag var tvungen att kliva in, snabbt.

"Hoho, lugna dig", sa jag snabbt och höll upp händerna i en fridsofferande gest. "Kanske vår nybörjare här borde berätta för oss vad han vet om det."

Ryan såg inte nöjd ut med mitt förslag och backade omedelbart. "Vad sägs om att vi börjar med att hitta några böcker om det först och sedan läsa upp lite?"

Jag gillade den idén, faktiskt. Det var ett bra sätt att ta värmen från alla och faktiskt få något gjort. "Ok, ni två stannar här," sa jag och tog tag i Leylas arm och drog upp henne från soffan. "Då går vi och hämtar böckerna."

Det kändes som en liten seger, men jag lurade inte mig själv. Vi var fortfarande på kanten, och det skulle inte krävas mycket för att sätta igång igen. Med en blandning av resignation och beslutsamhet begav vi oss till bibliotekets hyllor för att hitta det vi behövde. Så mycket som jag hatade att erkänna det, visade sig denna presentation vara det minsta av mina bekymmer.

Louis:

Jag vände mig till Ryan, lite allvarligare den här gången. "Okej, berätta sanningen - varför fortsätter du att lägga ner Leyla så?" Jag kunde se honom tveka ett ögonblick, hans ögon fladdrade obehagligt. "Hon börjar alltid!" han sköt tillbaka och försökte avleda frågan.

Jag köpte den inte. "Inte idag. Idag var det du som började med saker. Hon sa inget stötande eller försökte provocera dig. Hon mådde bra. Men du - du satte ner henne först utan någon anledning alls. Varje gång hon pratar, du är redan på defensiven. Vad är det som händer med dig, Ryan. Vad är problemet?

Jag kunde säga att det inte var lätt för honom att erkänna, men till slut suckade han djupt, nästan besegrad. Efter en lång paus tittade han allvarligt på mig. "Okej, men om du berättar för någon om det här så svär jag att jag kommer få dig att ångra det", varnade han med en ovanligt spänd ton. Jag nickade bara och kände hur svårt det här var för honom. "Jag säger inte ett ord. Berätta bara för mig."

Ryan verkade samla sina tankar ett ögonblick, och sedan kom orden ut, förvånansvärt sårbara. "Allt började för två år sedan. Jag var 16, och Leyla var 15. Hon var inte precis den populära tjejen då, och hon var lite knubbig. När det gäller mig, ja, jag var i den så kallade "eliten" Jag har alltid varit i toppklassen, och Leyla och jag, vi var bästa vänner, men sedan började saker och ting förändras också, men inte in som jag borde ha varit rädd för vad det skulle betyda för mitt rykte om folk visste att vi var mer än vänner skulle ha fått mig att se svag ut Så en dag på sommaren, efter skolan, pratade vi bara om våra planer för semestern. Skolgården var fullproppad med folk, och det var en stor sak att jag var jämn talande till henne inför alla, än mindre att stå utanför med henne.

Tja, hon ville kyssa mig hejdå. Och utan att tänka, jag... jag knuffade bort henne. Jag ropade över hela gården: 'Gå ifrån mig! Som om jag någonsin skulle kyssa dig – vem skulle vilja kyssa någon som är lika tjock som du?'" Ryans röst vacklade när orden hängde i luften, och jag kunde se tyngden av det han hade sagt redan då. "Alla skrattade, inklusive jag. Och Leyla, hon bara... hon sprang iväg gråtande. Jag har aldrig sett henne så förut. Och sedan det ögonblicket har hon hatat mig, och jag klandrar henne inte. Jag förstörde allt."

Jag var i chock. Jag ville skratta, men det var inte roligt. Jag kände både äcklad och konstigt synd om honom. "Wow. Vilken chock. Jag är inte förvånad över att hon hatar dig," sa jag och skakade på huvudet. "Du har verkligen trasslat till, eller hur? Det måste ha krossat henne inuti. Och det värsta är att du förmodligen förstörde det bästa du någonsin haft. Titta nu på henne - hon är helt fantastisk och, ironiskt nog, hon är nu en del i elitgruppen, precis som du."

Ryan stirrade på mig, nästan hjälplöst, och jag kunde se att en del av honom ångrade allt. Han såg ut som ett barn som precis hade insett att han hade förlorat sin första riktiga kärlek. Hans ögon mjuknade en kort stund innan han snabbt maskerade sina känslor med sin vanliga arrogans. Det självbelåtna leendet återvände till hans ansikte, men det var tydligt att hans bravader inte räckte för att dölja skadan i hans ögon.

Jag kunde se det nu - sanningen. "Du älskar henne fortfarande, eller hur?" Jag frågade och i en bråkdels sekund sa han ingenting. Men sedan släppte han ett torrt skratt och övertygade inte riktigt någon, särskilt inte mig. Jag kunde berätta nu. Hur han såg ut – besegrad, som om han precis hade förlorat sitt livs kärlek – berättade allt för mig. Men som alltid gick masken snabbt upp igen. Uttrycket försvann och han såg sig omkring med det där vanliga kaxiga leendet, som om ingenting hade hänt.

Just då kom de två tjejerna in i rummet. Till min förvåning såg Leyla helt förkrossad ut, hennes ögon var röda som om hon hade gråtit. Sierra, å andra sidan, var bländande, hennes ansikte vridits av frustration. Det gjorde mig ännu mer förvirrad, men jag var inte säker på om jag ville veta vad som hade hänt mellan dem. Ändå var det tydligt att spänningen mellan alla bara hade blivit tjockare och luften kändes laddad med outtalade ord.

Jag tittade på Ryan igen och undrade om han insåg vad som utspelade sig framför oss. Han mötte mina ögon kort, men hans uttryck var oläsligt nu, hans tidigare sårbarhet helt maskerad av hans vanliga likgiltighet.

Outtalade sår

Sierra:

Vi gick bort till hyllorna fyllda med böcker om grekisk mytologi, och jag kunde inte låta bli att fråga Leyla. "Okej, jag förstår att du inte kommer överens med Ryan, men du har aldrig riktigt berättat varför. Ärligt talat, jag har alltid haft den här känslan att han gillar dig. Varje gång du inte ens har lagt märke till honom ännu, men han redan har sett dig, tittar han på dig som om han är ... kär. Så vad är det egentligen som händer?"

Det var då hon kollapsade. Jag rustade mig för allt från ett argt utbrott till att hon gav mig den tysta behandlingen, men jag förväntade mig aldrig att hon skulle börja gråta. Det var som om hennes omsorgsfullt byggda väggar plötsligt hade fallit sönder. (Alla hjältar gråter ibland. Inte för att de är svaga, utan för att de har varit starka så länge...)

Leyla var alltid den som höll ihop det, som inte visade något annat än styrka. Hon var tjejen som aldrig verkade ha problem med någonting, så att se henne gå sönder så här gjorde mig helt avvaktande. Jag knäböjde snabbt bredvid henne och lade försiktigt min hand på hennes rygg. "Hej, vad är det som händer? Sa jag något fel? Prata med mig, Leyla."

Hon snyftade sakta, men det såg ut som att hon sakta började ta sig samman igen. Efter några ögonblick talade hon äntligen, hennes röst knappt över en viskning. "Okej, jag har aldrig berättat det här för dig.

Det var innan du flyttade hit. Jag var 15 och Ryan var 16. Vi var verkligen nära, bästa vänner. Men sedan... började jag falla för honom. Jag trodde ärligt talat att han kanske känner likadant. Men jag var överviktig, jag var inte populär, och han... ja, han var raka motsatsen till det. Alla kände honom och hans popularitet växte. En sommareftermiddag pratade vi efter lektionen, bara vi två. Jag ville visa honom hur mycket jag brydde mig om honom. Jag tänkte att han kanske skulle förstå om jag kysste honom. Men det var det största misstaget jag någonsin gjort."

Hon gjorde en paus och tog ett skakigt andetag och jag kunde se smärtan komma tillbaka till hennes ögon. "Jag lutade mig in för att kyssa honom, och han bara knuffade bort mig. Han skrek, 'Bah, som om jag någonsin skulle kyssa dig. Vilken pojke som helst skulle kyssa någon lika tjock som du.' Jag tror aldrig att jag har känt mig mer förödmjukad i mitt liv. Alla hörde honom och de skrattade. Han skrattade också medan jag sprang iväg från skolgården gråtande. Han bad senare om ursäkt, men han sa att han var mer oroad över att behålla sitt rykte än något annat. Han valde sin status framför mig."

Jag kunde känna tyngden i hennes ord sjunka in. Mitt hjärta värkte för henne när hon fortsatte. "Efter det raderade jag hans nummer, blockerade honom överallt. Jag sa till mig själv att jag var klar med honom. Men jag ville inte att han skulle glömma mig, så jag började träna. Jag åt knappt någonting, bara för att jag skulle få den kropp jag alltid drömt om. Jag jobbade så hårt och när jag började se bättre ut tänkte jag att jag kanske skulle skada honom som han sårade mig. Men varje gång jag försökte visa honom fungerade det bara inte. Det spelade ingen roll hur mycket jag förändrades, hur hårt jag arbetade. Jag räckte aldrig till för honom.

Men det som förstör mig mest är att jag fortfarande älskar honom. Trots allt, trots hur mycket han sårade mig, älskar jag honom fortfarande. Men jag skulle aldrig låta mig falla för honom igen. Jag skulle aldrig kunna gå igenom det igen. Jag kan inte låta honom knäcka mig en andra gång."

Hennes ord träffade mig som en ton tegelstenar. Jag hade ingen aning om smärtan hon hade burit runt på, och jag kunde inte ens börja föreställa mig djupet av den. Ett ögonblick blev jag bara chockad. Jag stod där, frusen, min mun hängde öppen i chock.

Leyla tittade på mig med sina sorgsna ögon och plötsligt kände jag att det var min tur att vara stark för henne. Jag hukade bredvid henne och torkade försiktigt tårarna från hennes kind. "Leyla, den där killen är definitivt inte värd din tid. Du är fantastisk precis som du är. Och vet du vad? Du har allt framför dig. Så du bara torkar bort tårarna och håller huvudet högt, okej?"

Hon nickade lätt, men jag märkte att hon fortfarande kämpade. Jag visste att om hon var tvungen att möta Ryan just nu skulle hon förmodligen bryta ihop igen. Så jag kom snabbt på en plan för att hjälpa henne igenom detta. "Hej, jag har en idé. Gå hem nu, så tar jag hand om den första delen av presentationen med killarna. När vi är klara kommer jag hem till dig och vi pratar. Vi kommer att ta reda på vad som händer härnäst."

Hennes ansikte ljusnade lite och hon log svagt. "Skulle du verkligen göra det för mig? Du är den bästa vän man kan begära."

Jag gav henne ett lugnande leende, "Självklart skulle jag det. Nu, låt oss ta några böcker, så fixar vi den här presentationen."

Leyla reste sig och jag hjälpte henne att samla ihop några böcker om grekisk mytologi. Vi gick tillbaka till där Ryan och Louis väntade, och så fort Ryan såg att Leyla hade gråtit förändrades hans uttryck. Han tittade på henne med äkta oro. Ett ögonblick trodde jag nästan att han skulle be om ursäkt eller till och med fråga vem som hade skadat henne. Men sedan kom hans vanliga hånfulla leende tillbaka, och jag insåg att han kanske inte var helt okunnig om vad han hade gjort.

Ändå var det något annorlunda med hans reaktion nu. Kanske, bara kanske, insåg han vad han hade förlorat hela tiden.

Louis:

Sierra placerade högen med cirka femton böcker framför mig och sa: "Okej, här är böckerna. Leyla mår inte bra, så hon är på väg hem." Jag nickade och såg att Leyla verkligen såg hemsk ut. "Jag går också om det är okej. Jag mår verkligen inte bra idag heller," sa Ryan och hans röst lät nästan ursäktande. Leyla ryckte till för hans ord men sa ingenting. Sierra drog ut en tung suck, tydligt frustrerad men också bekymrad. "Okej då, Louis och jag börjar idag, och vi fortsätter tillsammans senare", sa hon. Ryan reste sig och gick, utan ett annat ord, ut ur biblioteket utan att ens bry sig om ett hejdå.

Leyla gick fram till Sierra, slog armarna om henne i en hårt kram, rösten knappt över en viskning när hon sa, "Hejdå." Sättet hon sa det på fick mig att inse hur skör hon såg ut i det ögonblicket. Fram till nu hade jag bara sett henne som någon otroligt stark och okrossbar, och denna glimt av sårbarhet fångade mig.

"Okej," sa Sierra och vände sig tillbaka till mig, "jag gillar verkligen inte dig, men vi måste samarbeta, så jag utlyser vapenvila." Jag höjde på ögonbrynen över den plötsliga förändringen i hennes ton. Hon verkade genuint orolig för sina vänner, men jag försökte fortfarande förstå allt som hände. Hennes förslag om en vapenvila verkade för lätt, för snabbt, men jag argumenterade inte. "Okej, inga problem", svarade jag och försökte fortfarande lista ut henne. Något med henne kändes bekant, och det tjatade på mig. Jag kunde inte hitta var jag kände henne ifrån, men hon kändes som någon jag borde känna igen.

Hon fångade mig med att stirra på henne, och för ett ögonblick kände jag att hon visste exakt vad jag tänkte. Intensiteten i hennes blick ökade bara förvirringen, men jag tittade snabbt bort och tvingade mig själv att fokusera på uppgiften. Jag tog upp den första boken framför mig och slog upp den, utan att riktigt uppmärksamma orden på sidan. Sierra verkade göra detsamma och bläddrade i sin bok med samma distraherade luft.

Till slut kunde jag inte vara tyst längre. "Vad hände med Leyla? Hon såg helt förstörd ut," frågade jag och min nyfikenhet tog överhand. Sierra tittade på mig ett ögonblick, hennes ögon beräknande, som om hon bestämde sig för om hon skulle anförtro mig sanningen eller inte. "Tja, jag ska egentligen inte säga det här, och ärligt talat litar jag inte på dig, men det har något att göra med din nya bästa vän Ryan."

Det slog mig direkt - Sierra visste inte om den förnedring Ryan hade utsatt Leyla för. Jag blev dock inte förvånad; hon verkade för utanför kretsen. Jag nickade sakta och berättade för henne att jag var medveten om situationen. "Åh, okej, nu förstår jag. Ryan sa till mig något sådant förut," sa jag och försökte hålla situationen avslappnad. Men Sierras reaktion överraskade mig.

Hennes ansikte vred sig av ilska och hon såg ut som om hon var på väg att sätta eld på något med sin blick. "Vänta, vad gjorde han? Han skröt faktiskt om det?"

Hennes röst var spetsad av raseri, men hon dämpade den snabbt. "Leyla är den bästa personen jag känner, och jag vill bara slå Ryan i ansiktet för vad han gjorde mot henne."

Jag lutade mig lite bakåt, mitt uttryck likgiltigt, men sedan pratade jag för att förtydliga saker. "Jag svor att jag inte skulle berätta för någon om det här, men ja, Ryan skröt om det. Han kunde inte sluta prata om det. Det är trassligt, men..." Jag släpade iväg och kände tyngden av situationen.

Sierras ögon vidgades av misstro. "Gjorde han inte det?"

Jag skakade sakta på huvudet. "Nej, definitivt inte, men just nu tycker jag att vi ska fokusera på presentationen. Det är det viktigaste just nu."

Så fort jag sa det insåg jag hur absurt det lät. Presentationen var det sista jag brydde mig om just då, men det var ett bra sätt att byta ämne, särskilt när Sierra verkade lika uttråkad som jag var. Jag tog upp boken igen och låtsades läsa, men jag märkte att Sierras ögon drev över till mina läppar. När tjejer tittar på en killes läppar tänker de vanligtvis på hur det skulle vara att kyssa dem. Ett busigt flin spred sig över mitt ansikte när jag roade mig bakåt i stolen.

Låt spelen börja.

Sierra:

Jag hittade min blick fäst på hans läppar när han kämpade för att fokusera på boken framför sig. Hans läppar var fylliga och vackert formade, och jag kunde inte låta bli att föreställa mig hur det skulle kännas om de strök mot mina och sedan sakta gled nerför min hals. Mitt i dessa tankar talade plötsligt pojken med de lockande läpparna och bröt min dröm. "Tänker du på att kyssa mig?" frågade han med ett stort leende och medvetande.

Jag frös, mitt hjärta bultade, fast i ögonblicket. Jag tänkte inte erkänna vad jag tänkte, så jag försökte spela det coolt, även om min röst förrådde mig något. "Nej, hur kom du på det?" Jag stammade, fortfarande lite häpen.

Han släppte inte sitt leende, tydligt medveten om hur rätt han hade. "Tja, du stirrade på mina läppar så länge. Aldrig haft en riktigt bra kyss? Vill du se hur en riktig en känns?"

Jag kunde knappt tro vad jag hörde. Naturligtvis hade han rätt — jag hade aldrig upplevt något i närheten av en fantastisk kyss. Visst, jag hade kysst folk förut, men de flesta av dem var förglömliga, några av dem rent av obekväma. Men jag kunde inte berätta det för honom. Jag tänkte inte ge honom den tillfredsställelsen. "Men jag har haft en förut, och nej, det vill jag inte," svarade jag snabbt, även om jag kunde se på hans leende att han inte köpte den.

Hans leende bara vidgades, hans självförtroende växte. "Som om. Men jag har inget emot att visa dig hur det går till, sa han och lutade sig framåt. Jag kände hur min kropp blev stel, frusen på plats. Hans ansikte var nu bara några centimeter från mitt, och jag kunde se intensiteten i hans isblå ögon. Ett kort ögonblick tyckte jag mig se en blixt av begär där, men lika snabbt var den borta. Ändå höll hans huvud sig nära, och jag kunde känna hans varma andetag på mina läppar, hans närhet som omgav mig, vilket gjorde det svårt att tänka rakt.

I det ögonblicket var frestelsen att luta sig in, att kyssa honom, överväldigande. Men jag kunde inte låta mig själv göra det. Inte nu, inte när det bara skulle bekräfta allt han trodde. Jag kunde inte ge honom den tillfredsställelsen. Så jag lade min hand på hans bröst, kände styrkan i hans muskler under mina fingrar och tryckte honom försiktigt tillbaka.

Han drog sig undan lätt och flinade triumferande som om han redan hade räknat ut mig. Han hade velat väcka lust, testa mina gränser, och han hade gjort det bra. Vi gick båda tillbaka till att arbeta tyst, men tankarna fortsatte att rasa. Jag kom på mig själv att undra om han fortfarande visste vem jag var, om han kom ihåg något om mig från tidigare. Sättet han tittade på mig antydde att han inte hade någon aning, och det gav mig min öppning.

"Vet du verkligen vem jag är?" frågade jag nonchalant och försökte dölja nyfikenheten i rösten. Han tittade på mig med en blick av förvirring i hans ögon. "Hmm, ja, du är Sierra," sa han, även om hans ton inte var helt säker.

Jag höjde ett ögonbryn och tryckte ytterligare. "Ja, men jag har känt dig ett tag. Vi träffades innan du kom till den här skolan." Han rynkade pannan och försökte tydligt minnas något om vårt tidigare möte, men ingenting verkade klicka. Han kämpade på, så jag bestämde mig för att ge honom en hint. "Vilka färger har dina skotrar?" sa jag med ett skämtsamt flin, med vetskapen om att det skulle skjuta upp minnet.

Ett ögonblick såg han helt vilsen ut. Men sedan, ett flimmer av igenkänning korsade hans ansikte, följt av ett uttryck av insikt. "Åh, shit! Det är därför du verkade så bekant! Jag visste att jag kände dig!"

Jag kunde inte låta bli – jag släppte ut ett litet, nästan tyst skratt. Det hade tagit honom tillräckligt länge. "Det tog dig tillräckligt länge," retade jag och skrattade igen.

Han skrattade med och skakade på huvudet. "Ja, ja, gör gärna narr av mig," sa han och fortfarande flinade. "Men hej, du räddade min röv då. Jag trodde att du skulle blåsa i visselpipan, men det gjorde du inte. Du kunde ha fått mig att se dålig ut, men det gjorde du inte."

Jag gav honom en skenbar vitlinglyra, även om jag fortfarande skrattade. "Åh, vad söt. Uppskattar du det?

Låt dig inte ryckas med. Jag har fortfarande några kontakter."

Då föll jag ihop på golvet, min mage värkte av att jag skrattade så hårt. Även Louis hade glidit ner från soffan och satt nu på golvet bredvid mig och skakade av skratt. "Åh, kan jag ta det som en antydan om att du tycker att jag är söt?" frågade han, rösten spetsad av nöjen.

Jag log och försökte fortfarande hämta andan. "Jag sa aldrig det", svarade jag, men leendet på läpparna förrådde mig.

Louis lutade sig närmare, hans leende försvann aldrig. "Jag kan leva med det. Men du är löjligt söt, och det visste jag då. Kunde bara inte säga det inför polisen", sa han och rösten föll till en låg, retad viskning.

Innan jag visste ordet av var hans ansikte några centimeter från mitt igen och jag kände värmen mellan oss stiga. Hans läppar svävade precis ovanför mina, och för första gången knuffade jag honom inte undan. Jag kunde inte. Varje del av mig skrek för att stänga avståndet, för att känna hans läppar på mina. Men jag var frusen, fången mellan stundens hetta och rädslan för vad det skulle innebära. Han sänkte sina läppar mot mina, och jag hade inget annat val än att låta honom.

Louis:

Jag kysste tjejen som jag tänkt på så länge. Jag hade aldrig kunnat glömma henne. Från det ögonblick vi först korsade vägar verkade hon bli inbäddad i mitt sinne. Det kändes som om hennes bild hade bränts in i min hjärna, och det gick inte att undkomma. Jag började varje dag med tankar på henne. Jag kunde inte skaka av mig, hur mycket jag än försökte trycka bort de känslorna. Men jag var tvungen att förtränga dem, och under lång tid begravde jag dem djupt inuti. Nu, här var hon, precis framför mig igen. Hur många gånger hade jag föreställt mig hur det skulle vara att kyssa henne? Tanken hade dröjt kvar i mitt sinne i oändlighet och drev fantasier och begär. Men redan nu visste jag att jag inte kunde låta mig känna för mycket. Om jag tillät mig själv att falla helt för henne, känna allt med varje fiber i mitt väsen, skulle jag gå rakt in i kaos. Det sista jag ville var att öppna mig för ännu fler komplikationer. Var det värt det? Jag var inte säker. Men i det här ögonblicket orkade jag inte dela det med någon annan. Det var min.

Till en början var kyssen trevande. Jag var inte säker på hur hon skulle reagera – hur mycket hon skulle ge efter, hur mycket hon skulle dra sig undan. Men när jag kände hur hon svarade, hennes kropp slappnade av i min, blev jag djärvare. Mina läppar rörde sig mer akut mot hennes och hennes händer – den ena på min rygg, den andra i mitt hår – uppmuntrade mig att gå djupare. Jag kunde känna intensiteten stiga mellan oss, och för en kort stund undrade jag om jag kunde ta det längre just där i biblioteket. Men jag tyglade snabbt in det. Jag kunde inte tappa kontrollen på det här sättet. Inte här. Inte nu.

Jag drog mig sakta tillbaka och bröt motvilligt kyssen. Min kropp brann, mitt hjärta bultade i bröstet, men jag behövde stärka mig. Jag reste mig upp och försökte dölja den snabba upp- och nedgången av mitt andetag. Jag öppnade mina ögon och fann hennes redan låst vid mina, ett flimmer av värme och något djupare i hennes blick. Det var en känsla jag aldrig hade upplevt förut, och det fick mitt inre att vrida sig. Det sista jag ville var att känna så här. Det skrämde mig mer än jag ville erkänna. Jag kunde inte bli kär i henne. Jag vägrade.

Jag skakade på huvudet och försökte trycka bort de överväldigande känslorna som svämmade över mitt sinne. Jag var tvungen att påminna mig själv om att hon inte var något annat än ett vad. Bara en utmaning, inget mer. Det var allt hon var. Och ändå, när jag tittade på henne igen, kunde jag inte förneka smärtan i bröstet. Hon var så mycket mer än jag hade tillåtit mig själv att inse.

"Okej, jag tycker att vi ska kalla det en dag på presentationen," sa Sierra och log mot mig. Jag nickade stelt och försökte hålla mina känslor i schack. Hon är bara ett vad. Bara en satsning, påminde jag mig själv. Men min röst förrådde mig när jag lade till: "Det som just hände här betyder ingenting. Ingenting alls." Jag var inte säker på vem jag försökte övertyga – orden kändes ihåliga, även när jag sa dem. Jag kunde se hennes besvikelse blixtra över hennes ansikte i ögonvrån, och det sved mer än jag hade förväntat mig.

"Självklart, jag förväntade mig inget annat", svarade hon och rösten fick en skarpare kant. "Men jag tvivlar på att det var min bästa kyss."

Jag kunde inte låta bli att flina. Det verkade som att hon redan hade återgått till sitt vanliga jag, med självförtroendet intakt. "Tja, mia bella, jag tror att du fortfarande kan bli lite omtumlad av det, men oroa dig inte, jag har fortfarande mer att erbjuda." Jag kunde inte motstå att lägga till den retande blomstringen. "Okej, ciao bella, då är jag iväg. Åh, och glöm inte att låsa in," sa jag och flinade till henne när jag gick mot dörren.

I samma ögonblick som jag klev ut kände jag hur vikten lyftes från mina axlar. För första gången på länge log jag. Ett äkta leende. Det var inte bara för att jag hade fått det bästa av henne just nu. Nej, det var mer än så. För första gången på ett tag kände jag något rent och äkta. Något jag inte kunde ignorera, även om jag försökte.

Sierra:

Så fort Louis var ute ur dörren föll jag ner på golvet ännu en gång. Åh gud, vad hade jag just gjort? Drömmen som jag hade spelat över i mitt sinne för vad som kändes som en evighet hade kommit till liv, och inte på det sätt jag hade förväntat mig. Jag hade kysst Louis – den enda personen som jag inte hade kunnat sluta tänka på så länge. Kyssen hade varit allt och ingenting på en gång. Det var allt jag hade föreställt mig, och ändå så mycket intensivare, så mycket verkligare än jag någonsin hade vågat hoppas. Rusningen av det, elektriciteten mellan oss... Det var nästan för mycket.

Och ändå, när hans ord dröjde kvar i mina öron, återvände en liten del av mig till verkligheten. "Det betyder ingenting", hade han sagt, och av någon anledning var det det enda som fick mig tillbaka till jorden. Det var en reality check, men en välbehövlig sådan. Han hade rätt. Jag hade aldrig haft en sådan kyss förut. Men jag tänkte inte erkänna det för honom. Jag ville inte att han skulle veta hur helt utom kontroll jag hade känt mig i det ögonblicket. Sättet som han hade kysst mig, hur han hade fått mig att känna att jag kunde smälta in i honom – det var allt jag hade drömt om och mer.

Problemet? Det skrämde mig. Det faktum att jag hade varit så slarvig, så villig att ge mig själv till honom utan att tänka, fick en rysning längs ryggraden. Han hade dragit sig undan, tydligt lite andfådd. Jag hatade hur mycket jag hade släppt in honom. Och ändå kunde jag inte skaka känslan. Mitt hjärta rasade fortfarande och jag kunde inte bestämma mig om jag ville dra in honom igen eller knuffa bort honom. Men nej, jag var tvungen att hata honom. Jag var tvungen att påminna mig själv om att det var det dummaste jag kunde göra att falla för honom. Det var bara en kyss – en satsning. Inget mer. Och jag behövde ha det i åtanke.

Nästa dag vaknade jag med en konstig känsla av lugn, en känsla av klarhet som jag inte förväntade mig. Jag lämnade huset och kände mig bättre och försökte skaka av mig den kvardröjande värmen från igår kväll. När jag klev ut stod min kusin som vanligt och väntade på mig med sin skoter. Han hade det här sättet att dra mig ur huvudet när jag behövde det som mest. Vädret var perfekt och solen började titta fram bakom molnen. Jag hoppade på baksidan av hans skoter och vi kryssade mot skolan med vinden i håret.

När vi körde in på parkeringen kunde jag se Leyla gå mot mig, hennes svarta lockiga hår blåste i vinden. Hon såg ut som en modell eller filmstjärna, hennes ansikte glödde i morgonsolen. Men det leende som vanligtvis spelade på hennes läppar fanns ingenstans. Istället hade hon ett kallt uttryck, som om något hade stört henne. Jag kunde redan säga att hon gjorde sig redo för någon form av härdsmälta från gårdagens händelser.

Hon hälsade mig med ett varmt leende, men hennes ögon förrådde något djupare. "Du vet, du ser ut som en filmstjärna när du tar av dig hjälmen", retade hon, hennes ton var mjuk men medveten. "Klädde du dig extra snyggt idag? Vad hände igår? Håller du hemligheter för mig?"

Jag kunde inte låta bli att flina. Visst, jag hade klätt ut mig lite, men jag var inte på väg att sprida sanningen om kyssen mellan mig och Louis. Det var något för mig att hålla inlåst. "Jag ville bara se snygg ut", svarade jag och borstade av det nonchalant. Leyla höjde på ett ögonbryn, uppenbarligen inte övertygad, men hon lät det glida.

Under tiden stod min kusin fortfarande bakom mig, och Leyla gav honom redan en kram, en av dessa lekfulla, vänliga kramar som verkade vara för evigt. Hon hade denna effekt på människor. Min kusin, Lucas, och hans vänner trängdes runt henne och försökte få en del av hennes uppmärksamhet, och hon gav dem den nådigt. Jag såg dem interagera, lite nöjen drog i mungiporna. Lucas var skolans kung nu, med Leyla vid sin sida, och alla avundades honom. Det var konstigt att se, men jag kunde inte förneka att jag var lite stolt över honom.

Plötsligt skar bruset från två motorcyklar genom luften och min mage vred sig. Jag visste precis vem det var. Klassens "bad boys" drog in. Louis och Ryan. Jag kunde redan höra motorcyklarna snurra, var och en högre än den andra. När de rullade in på parkeringsplatserna och deras motorer slocknade, verkade hela platsen hålla andan. Naturligtvis samlades flickorna omedelbart, deras ögon klistrade vid pojkarna när de tog av sig hjälmarna, varje rörelse överdriven som om de var en del av en storslagen föreställning.

Leyla och jag bytte en blick, mer av mild avsky än något annat. Jag var inte intresserad av showen, men jag kunde känna vikten av allas ögon på oss. Även efter allt med Louis försökte jag fortfarande hålla lite distans, fortfarande försöka hålla lite kontroll över mig själv. Jag tänkte inte låta dem se att jag var påverkad.

Ryan och Louis närmade sig oss, flankerade av sina vänner, som alltid. Vi stod mitt bland "elit"-killarna, de som alla verkade dyrka. När Louis ögon mötte mina kände jag den där välbekanta gnistan, den elektriska anslutningen som jag inte kunde skaka av. Men jag kämpade mot det. Han log mot mig och jag kunde inte låta bli att le tillbaka, även om jag visste att det inte var en bra idé.

Leyla svarade dock inte på Ryans leende. Faktum är att hon knappt erkände honom, hennes blick skar förbi honom som om han vore osynlig. Det var en så skarp kontrast till den vanliga dynamiken mellan dem, och jag kunde inte låta bli att beundra henne för det. Klockan ringde just då, och det var som ett tecken på att vår lilla föreställning var på väg att börja.

Med ett medvetet leende tittade jag på Leyla och hon nickade tillbaka. Vi tryckte av min kusins skoter och gick mot ingången, varje steg fyllt av syfte. Vi visste att allas ögon var på oss, både pojkarna och tjejerna. Men vi hade en plan och vi skulle genomföra den felfritt. Vi skulle visa dem vad de hade förlorat.

När vi närmade oss entrén stod det några lärarpraktikanter vid dörrarna och såg till att ingen tog in tända cigaretter. Jag kunde se hur flickorna tittade på dem, ögon fulla av längtan. Dörrarna öppnades aldrig för oss, inte om vi inte gjorde ett intryck. Så Leyla och jag gick mot dörren och skakade på våra höfter lite mer än vanligt. Leyla visade ett av sina signaturleenden, ett sådant som kunde smälta någons hjärta, och visst öppnade praktikanten dörren för henne utan att tveka. Jag följde efter på min sida och dörren slogs upp.

Vi gick in och visste att vi hade satt våra spår. Vi hade inte bara gått in genom dörren – vi hade gått in med självförtroende, med kraft. Jag hoppades bara att det hade fått den effekt vi tänkt oss.

Louis:

Det hade jag aldrig förväntat mig. Sierra, på ett sätt, verkade stoltsera med sin lockelse, som om hon visade mig hur het hon var och hur lätt hon kunde få vem som helst. Tja, hon lyckades verkligen klargöra det. Jag kunde inte låta bli att titta över på Ryan, som såg ut som om han mentalt slog huvudet mot en vägg hela tiden. Så småningom mötte han min blick, hans ansikte vred sig i ilska när han muttrade: "Hur dum kan du vara? Jag känner att jag håller på att bryta något - helst mitt huvud." Jag log och tyckte att ögonblicket var lite underhållande. "Hej, gör inte det, du kanske faktiskt behöver det. Även om det du gjorde med Leyla var ganska dumt," retade jag och petade på honom.

Han blev synbart irriterad. "Ja, ja, jag vet att du älskar att gnugga det i mitt ansikte, men det räcker. Jag kanske bara borde glömma henne, gå ut och festa och bara sova med någon slumpmässig tjej."

"Är du säker på att det är en bra idé?" frågade jag osäker på hans logik. "Jag vet inte, man."

"Antingen är du med mig eller så är du inte det, men jag kommer definitivt att gå", sa han med bestämd ton.

Tja, jag kunde inte argumentera mot den logiken. Det var uppenbart att om det inte gick som han skulle, skulle han bara slå ut igen. Jag tänkte att en distraktion skulle hjälpa, så jag ryckte på axlarna. "Okej, jag kommer. En tid borta från Sierra och skolan låter som precis vad jag behöver."

Med det tog vi oss in i historielektionen. Så fort vi kom in, snäppte herr Mittermaier, som redan var på dåligt humör, till den första personen han såg – en flicka som satt längst fram. Jag brydde mig inte riktigt vem det var; mitt sinne var någon annanstans.

När Ryan och jag tog plats, märkte jag att Leyla och Sierra redan satt sig på sina platser. Sierra satt där, lika vacker som alltid, men det var inte bara hennes fysiska utseende som fångade min uppmärksamhet. Hennes blonda hår – naturligt blont, inte så falska, överblekta saker – skimrade i solljuset som strömmade genom fönstret. Plötsligt vände hon sig om och våra ögon låstes. Hennes ljusblå ögon var fascinerande, som om jag kunde förlora mig själv i dem för alltid. Hennes läppar ringlade sig till ett lekfullt leende och jag kände att jag kunde kyssa henne igen, upprepade gånger. Men så fort hon höjde på ett ögonbryn mot mig, gick jag tillbaka till verkligheten. Nej, jag kunde inte låta detta hända. Att falla för henne skulle bara ge fler komplikationer. Jag kunde inte låta känslor göra mig svag, speciellt nu.

Resten av skoldagen var suddig. Jag kunde inte fokusera på någonting. Jag visste att jag behövde ta mig ur det, fokusera på de viktiga sakerna – min familj och vadet. Sierra var bara en distraktion, en satsning, inget mer. Jag kunde inte låta henne dra in mig i fler känslor. Känslor gjorde dig mjuk, sårbar, och det är det sista jag hade råd med just nu.

När den sista klockan ringde, tog jag mina grejer och rusade till min bil. Det var inte mycket att titta på - bara en gammal junker - men det fungerade. Det första jag gjorde var att åka till min lillasysters skola för att hämta henne. När jag körde in på skolans parkering såg jag henne stå vid grinden, omgiven av sina vänner och skratta. Hon var glad och det var allt som gällde.

Hon såg mig direkt och hennes ansikte lyste upp. Hon vinkade hejdå till sina vänner och sprang mot mig. Jag tog upp henne i mina armar, snurrade runt henne två gånger innan jag försiktigt lade ner henne. Hon log från öra till öra. "Hej Louis! Vet du vad? Jag har fått ett jobb tillbaka!" sa hon med spänning.

Jag skrattade, "Åh verkligen? Fick du äntligen den där "sexan"?"

Hon skrattade, "Nej, inte riktigt. Mer som en sexa bakifrån... Så, en etta!" skrek hon av glädje.

Jag skrattade också och frågade: "Och vad var det för ämne?"

"Min mattelärare säger att jag är för smart för den här nivån", sa hon och flinade från öra till öra.

Jag kunde inte låta bli att le tillbaka mot henne. Kiara var allt jag önskade att jag kunde vara – stark, smart och full av glädje. Hon såg ut precis som jag, förutom med bruna ögon. Jag hade alltid vetat att hon var kapabel att hoppa över ett betyg, men jag ville inte ha det för henne. Hon var tvungen att stanna i den här klassen och njuta av sin barndom, trots utmaningarna hemma.

Efter att vi tagit tag i hennes saker gick vi till sporthallen för att hämta min lillebror, Nico, från hans fotbollsmatch. Vi tog bara de sista två minuterna, men det spelade ingen roll. Kiara var inte intresserad av fotboll, men jag gillade att titta på Nico. Han spelade i sitt första riktiga spel, och jag kunde inte missa det. När vi gick in i gymmet märkte jag att några av de andra föräldrarna, särskilt några unga mammor, gav mig långa blickar. Jag brydde mig inte om dem. Jag var här för min bror.

Nico såg mig från andra sidan fältet. Så fort han såg mig bröt hans ansikte ut i ett brett leende. Han tog bollen från en motståndare och rusade mot mål. Han var snabb, fokuserad och beslutsam. Strax innan han nådde målet sköt han bollen med allt han hade. Den seglade förbi målvakten och in i nätet. Hans lag jublade och Nico sprang mot mig och ropade: "Såg du det? Såg du hur bollen flög in i nätet? Den var ostoppbar!"

Jag log, men mitt sinne var inte helt där. Min lillebrors glädje, hans upphetsning – allt påminde mig om när saker och ting var enklare, innan mamma gick bort. Sedan hennes död hade det varit en ständig kamp för att behålla den värmen i vårt hem. Men att se Nico så full av liv, så sorglös, fick mig att känna något jag inte hade på länge.

Innan jag hann säga något mer slog Nico mig lätt i magen och tog tag i min arm och drog mig över till en liten pojke med svart hår och blå ögon. "Louis, det här är min nya vän Jack! Han går i min klass, och han är fantastisk på fotboll, precis som jag!" Nico var nästan sprängfylld av stolthet när han presenterade mig för Jack.

Jag tittade ner på Jack, som gav mig ett leende. "Hej Louis, jag gjorde ett mål, men du var inte där för att se det," sa han.

Jag skrattade, "Jag önskar att jag kunde ha sett det. Det låter som att du är en naturlig."

Precis när jag skulle säga mer hörde jag en välbekant röst.

I det ögonblicket kände jag hur magen föll och jag visste precis vem det var.

SLUTET

www.ingramcontent.com/pod-product-compliance
Lightning Source LLC
Chambersburg PA
CBHW060910130726
48001CB00006B/2172